www.ingramcontent.com/pod-product-compliance
Lightning Source LLC
LaVergne TN
LVHW050830051026
849532LV00008B/3199
* 9 7 8 9 3 6 9 0 8 2 6 4 3 *

بڑوں نے لکھا بچوں کے لئے۔۔۔

بچوں کے احمد ندیم قاسمی

جمع و ترتیب : اعجاز عبید

Bachchon ke Ahmad Nadeem Qasmi *(Kids Stories)*
by: Ahmad Nadeem Qasmi
Edition: April '2025
Publisher :
Taemeer Publications LLC (Michigan, USA / Hyderabad, India)

ISBN 978-93-6908-264-3

کتاب	:	**بچوں کے احمد ندیم قاسمی** (کہانیاں)
مصنف	:	**احمد ندیم قاسمی**
صنف	:	ادب اطفال
ناشر	:	تعمیر پبلی کیشنز (حیدرآباد، انڈیا)
سالِ اشاعت	:	۲۰۲۵ء
صفحات	:	۳۴
سرورق ڈیزائن	:	تعمیر ویب ڈیزائن

کون سی کہانی کہاں؟

ایک اُسترے کی کہانی

اگر میں چاہوں تو اس کہانی کو ایک ہزار سال پہلے سے شروع کر دُوں۔ چاہوں تو آج سے شروع کر دُوں اس لیے کہ یہ کہانی ہر زمانے میں سچی ہے۔ میں نے یہ کہانی اپنی نانی سے سُنی تھی جنھوں نے اپنی نانی جان سے سُنی ہوگی اور انھوں نے اپنی نانی جان سے۔ یہ اتنی پرانی کہانی اتنی نئی کیوں ہے؟ اس کی وجہ یہ ہے کہ اس میں ایک سچائی بیان کی گئی ہے اور سچائی پرانی ہوتی ہے نہ نئی۔ سچائی صرف سچائی ہوتی ہے۔

وہ لوگ جو محنت نہیں کرتے، جو ہاتھ پاؤں ہلائے بغیر زندگی گزارنا چاہتے ہیں، جنھیں لمبی تان کر لیٹنے اور دیر تک لیٹے رہنے میں لطف آتا ہے اس اُسترے کی طرح ہیں جس کی یہ کہانی ہے۔

یہ اُسترا ایک گاؤں کے نائی کا تھا۔ وہ اس چمکتے ہوئے تیز اُسترے سے کسانوں کی حجامت بناتا تھا۔ کسانوں کے چہرے پر نہ کریمیں لگتی ہیں اور نہ لوشن۔ اس لیے ان کے بال موٹے موٹے اور سخت ہوتے ہیں۔ گاؤں کے نائی حجامت بنانے سے پہلے بالوں پر نہ صابن ملتے ہیں نہ برش چلاتے ہیں۔ وہ تو چٹکیوں کو پانی سے بھگو کر لوگوں کے چہروں کی چٹکیاں لیتے ہیں جن کی انہیں حجامت بنانی ہوتی ہے۔ یہی وجہ ہے کہ اس استرے کو دِن بھر بہت محنت کرنا پڑتی تھی۔ اس کی دھار کو لوہے کے تار ایسے بالوں میں سے گزرنا پڑتا تھا اور وہ تھک جاتی تھی۔ مگر نائی بڑا سیانا اور بہت نرم دل تھا۔ وہ ایک

پتھر یا لکڑی کے ایک ٹکڑے کو پانی سے بھگو کر اُسترے کو دائیں بائیں تھپکیاں دیتا تھا۔ یوں اُسترے کی چمک بھی اٹھتی تھی اور تازہ دم بھی ہو جاتی تھی۔ پھر جب نائی دِن بھر کا کام ختم کر لیتا تھا تو اُسترے کو بند کر دیتا تھا اُسترا اپنے دستے کے بستر پر سو جاتا تھا اور رات بھر کے آرام کے بعد صبح کو پھر محنت مزدوری شروع کر دیتا تھا۔

ایک دن گاؤں کا یہ نائی اپنی کسوت لیے کہیں جا رہا تھا۔ کسوت پھٹی ہوئی تھی۔ اُسترے نے جو باہر کھسکنے کا راستہ دیکھا تو اپنے دستے سے الگ ہونے کے لیے خوب زور لگایا۔ آخر وہ اپنی کوشش میں کامیاب ہو گیا۔ دستہ کسوت میں رہ گیا اور اُسترے کا پھل نرم نرم گھاس پر آگرا۔ نائی بے چارے کو کیا پتا تھا کہ اس کا پیارا اُسترا اس سے بے وفائی کر گیا ہے۔ وہ اپنی راہ چلتا رہا۔ ایک جگہ اسے ایک

کسان کی حجامت بنانا تھی اس نے کسوت کو کھول کر اُسترا نکالنا چاہا تو یہ دیکھ کر حیران رہ گیا کہ دستہ پڑا ہے اور اُسترا غائب ہے۔ اس کا کُل سرمایہ یہی ایک اُسترا تھا۔ وہ دن بھر اس راستے پر بھٹکتا رہا جہاں سے گزرا تھا۔ ایک بار اس کا پاؤں بھاگتے ہوئے اُسترے کے بالکل پاس پڑا۔ ڈر کے مارے اُسترے کی جان ہی تو نکل گئی۔ مگر پھر نائی آگے بڑھ گیا اور اُسترا دھوپ میں ہنسنے لگا۔

خوب ہنس لینے کے بعد اُسترے نے اپنے جسم کو دیکھا تو یہ معلوم کر کے اس کی خوشی کی انتہا نہ رہی کہ اس کے انگ انگ سے کرنیں پھوٹ رہی ہیں۔ سورج آسمان پر چمک رہا تھا اور اُسترے کی چمکتی دمکتی سطح پر اس کا عکس پڑ رہا تھا۔ اپنی دھار دیکھ کر تو اُسترے کو ایسا لگا جیسے تارا ٹوٹ رہا ہے۔ اپنے جسم پر جہاں بھی اس کی نظر پڑتی تھی کئی سورج جگمگاتے ہوئے دکھائی دیتے تھے۔

اس نے سوچا۔ ''ارے! میں تو بڑا ہی خوبصورت ہوں کہ مجھے دیکھ کر خود سورج کی آنکھیں چندھیا رہی ہوں گی۔ میں کتنا خوش قسمت ہوں کہ نائی کی قید سے بھاگ آیا ہوں۔ وہاں مجھے اتنی محنت کرنی پڑتی تھی کہ دانتوں پسینا آجاتا تھا۔ مجھے اتنا وقت ہی نہیں ملتا تھا کہ میں اپنے آپ کو دیکھ سکوں۔ یہاں میں کتنے آرام میں ہوں۔ نہ کام ہے نہ کاج۔ مزے سے لمبا لمبا لیٹا ہوا ہوں۔ سورج میرے جسم میں اپنی صورت دیکھ رہا ہے۔ ہوا میری سطح پر کھیل رہی ہے۔ آس پاس کی گھاس جھک جھک کر مجھ میں جھانکتی ہے۔ ابھی ابھی کتنی پیاری سی تتلی مجھے آئینہ سمجھ کر پَر سنوارتی رہی۔ ہر کوئی اُٹھانے والا نہ بند کرنے والا۔ میری تو دُعا ہے کہ قیامت تک یہیں پڑا رہوں۔ آرام مِلا تو خوب موٹا تازہ ہو جاؤں گا اور بڑے مزے آئیں گے۔

یہ کہنے کے بعد اُسترے نے سوچا کہ اگر میں یہاں پڑا رہا تو ہو سکتا ہے کبھی کوئی آدمی میری چمک دمک کو دیکھ لے، مجھے اٹھا کر گھر لے جائے اور وہاں مجھے قید کر دے۔ اس لیے وہ وہاں سے کھسکا۔ ایک بِل میں گھس گیا اور برسوں کی تھکن دُور کرنے کے لیے سو گیا۔

اُسترا چھ سات مہینے تک سوتا رہا۔ بارشیں ہوئیں۔ پانی اس کے بل میں گھس آیا مگر جب بھی اس کی آنکھ نہ کھلی۔ کئی کیڑے مکوڑے اس پر سے گزرے مگر اسے کھجلی تک محسوس نہ ہوئی۔ اس نے کروٹ تک نہ بدلی۔ جس رُخ سویا تھا اسی رُخ اٹھا۔ سوچا، چلو ذرا سی ہوا خوری کر لیں۔ آ کر پھر سو رہیں گے۔ آخر ہمیں اور کون سا کام کرنا ہے!

وہ بل میں سے کودا اور باہر آ گیا۔ سورج اسی طرح چمک رہا تھا۔ ہوا اسی طرح چل رہی تھی۔ گھاس کی پتّیاں اسی طرح ہل رہی تھیں۔

اُسترے نے مسکرانے کی کوشش کی مگراس کے ہونٹ جڑ گئے تھے۔ اس نے گھبرا کر اپنے جسم پر نظر دوڑائی تو وہاں اندھیرا ہی اندھیرا تھا۔ سر سے لے کر پاؤں تک اس پر زنگ چڑھ چکا تھا۔ سورج کی کرنیں اس سے دور رہتیں۔ اُس کی تمام چمک ماند پڑ چکی تھی۔

اس نے سوچا کہ گھاس مجھ سے ڈر ڈر کر دوسری طرف دیکھنے لگتی ہیں۔ سورج کی کرن مجھے چھوتے ہی بھاگ کھڑی ہوتی ہے۔ کاش! میرا نائی ایک بار ادھر سے گزرے اور میں اچھل کر اس کی کسوت میں جا بیٹھوں اور خوب محنت کروں اور میری چمک دمک مجھے واپس مل جائے۔

لیکن ایسا نہ ہوا اور وُہ اُسترا وہیں پڑا گلتا سڑتا رہا۔ وہ لوگ جو محنت نہیں کرتے، جو ہاتھ پاؤں ہلائے بغیر زندگی گزارنا چاہتے ہیں، جنھیں لمبی

تان کر لیٹنے اور دیر تک لیٹے رہنے میں لطف آتا ہے اُن کا انجام ایسا ہی ہوتا ہے۔ اسی لیے تو کہتے ہیں۔ محنت میں عظمت ہے۔

★★★

ننھے نے سلیٹ خریدی

ننھا عزیز سر پر ایک غلیظ سا بستہ رکھے تھکے تھکے قدم اٹھائے ہولے ہولے گنگناتا جا رہا تھا۔

تعریف اس خدا کی جس نے جہاں بنایا!

کیسی زمیں بنائی کیا آسماں بنایا!

اس نے اچانک قدم روک لیے اور زمین کو بڑی سنجیدگی سے دیکھنے لگا پھر بستے کو دونوں ہاتھوں سے تھام کر اوپر دیکھا.... ہلکا نیلا آسمان جس پر دو چار چیلیں منڈلا رہی تھیں۔ اس نے مسکرانے کی کوشش کی مگر مسکراہٹ پر حیرت نے فتح پالی۔

کیسی زمیں بنائی کیا آسماں بنایا!

وہ اپنی انگلی دانتوں میں دبائے کچھ سوچتا ہوا قدم اٹھانے لگا۔ ایک دو بار مویشیوں کے گلوں نے اسے تکلیف دی اور وہ ایک طرف دیوار سے چمٹ کر ہر بیل کو خوف سے گھور گھور کر دیکھنے لگا۔ اچانک اس کی نگاہیں ایک جوان بیل کے سفید سموں پر جم گئیں اور پھر اس نے اپنے میلے کچیلے پاؤں کی طرف دیکھا جو پرانی چپل کے مردہ روحوں کی طرح پڑے تھے۔

میل سے بھرے ہوئے بے جان اور بد صورت! اس کے ذرا سے دماغ نے ایک بہت بڑی تجویز سوچی،

''اگر اللہ میاں کہیں ملیں تو میں پہلے انھیں سلام کر کے (کیونکہ ماسٹر جی نے بڑوں کو سلام کرنے کی زبردست تلقین کر رکھی تھی) یہ عرض کروں گا کہ اچھے اللہ میاں! انسان کے پاؤں بڑے خراب ہیں۔

انسان چلتا پھرتا ہے، بھاگتا دوڑتا ہے تو اس کے پاؤں میں کنکر کانٹے چبھ جاتے ہیں۔ میل جم جاتا ہے اور وہ کئی بار زخمی ہو جاتے ہیں۔ اگر ہمارے پاؤں بیلوں کے سموں کی طرح ہڈی کے بنے ہوئے ہوں تو کیا حرج ہے؟''

وہ یہ سوچ ہی رہا تھا کہ سامنے سے اسے گاؤں کا سب سے بڑا رئیس گھوڑے پر سوار نظر آیا۔ اس کی گرگابی سورج کی شعاعوں میں شیشے کی طرح چمک رہی تھی۔ جب وہ عزیز کے پاس سے گزرا تو خود بخود عزیز کی نگاہیں سوار کے پاؤں پر جم گئیں جو دودھ کی طرح سفید تھے۔

اس نے آسمان کی طرف دیکھا جیسے خدا سے اپنی غلط دعا واپس مانگ رہا ہو،

''اتنے اچھے صاف پاؤں !ان کے مقابلے میں سم کیا شے ہے !مگر میں بھی تو ایک انسان کا بیٹا ہوں۔ میرے پاؤں اتنے غلیظ کیوں ہیں؟'' یہ الٹی بات اس کی سمجھ میں نہ آئی۔

وہ اس سوچ میں غرق آہستہ آہستہ جا رہا تھا کہ اچانک اسے راستہ میں ابھرے ہوئے ایک پتھر سے ٹھوکر لگی۔ بستہ اچھل کر دور کنکروں پر جا گرا اور اس کے دائیں پاؤں کے انگوٹھے سے خون جاری ہو گیا۔

اسے پھر ایک ثانیہ کے لیے بیل کے سموں کے فوائد کا خیال آیا مگر درد کی شدت نے اس کے دماغ میں ہل چل مچا دی۔ اس نے چیخ مار کر رونا چاہا مگر سامنے اسکول کے برآمدے میں ماسٹر جی کھڑے ہاتھوں میں چاک کا ایک ٹکڑا اچھال رہے تھے۔

اس کی چیخ حلق تک آئی اور وہ کڑوی دوا کی طرح آنکھیں بند کر کے پی گیا۔ زخم پر مٹی ڈال کر اٹھا، بستہ کو چھوا تو اس کا دل دھک سے رہ گیا۔ بستہ اینٹوں میں جا گرا تھا اور اس کی سلیٹ ٹوٹ گئی تھی۔

وہ ضبط نہ کر سکا اور پورے زور سے رونے لگا۔ ماسٹر جی بڑے رحم دل تھے، دوڑے دوڑے آئے اور ننھے کو تسلی دیتے ہوئے کہا:

''جیجے! اُٹھ میں آج تجھے کچھ نہ کہوں گا۔ آج کاغذ پر سوال حل کر لینا۔ کل سلیٹ خرید لانا اور ہاں اب لوہے کی سلیٹ خریدنا جیسے اصغر کی ہے۔''

''اصغر کی؟'' عزیز نے سوچا، ''مگر اصغر کا باپ تو پٹواری ہے اور میرا باپ پٹواری اور جنگل کے داروغہ کی گائے بکریوں کے لیے چارہ کاٹنے والا ملازم ہے! لوہے کی سلیٹ پر تو بڑے پیسے خرچ ہوں

گے۔ کل رات ہم پیسے نہ ہونے کی وجہ سے بھینسے کا گوشت نہ خرید سکے، اب کیا ہوگا؟''

اس نے بستہ سر پر اٹھالیا۔ غیر ارادی طور پر اس کی انگلیاں بستے کے اندر کھڑکھڑاتے ہوئے سلیٹ کے ٹکڑوں کو ٹٹولنے لگیں اور جب وہ لڑکوں کے جمگھٹ میں داخل ہوا جو اس کی چیخیں سن کر اسکول کے احاطے سے باہر اکٹھے ہو گئے تھے تو اس کا چہرہ فخر سے لال ہو گیا۔

....ماسٹر جی اس کا ہاتھ تھامے ہوئے تھے اور لڑکے بھی اس کی طرف ہمدردانہ نگاہوں سے دیکھ رہے تھے کیوں کہ ماسٹر جی نے اس سے ہمدردی کی تھی۔

چٹائی پر بیٹھ کر اس نے بستہ سے سلیٹ کے ٹکڑے یوں نکالے جیسے اپنے سینے سے دل کے ٹکڑے نکال رہا ہے۔ ایک بڑا ٹکڑا اپنے پاس رکھ لیا اور باقی ایک جھاڑی میں پھینک آیا۔ ماسٹر جی سوال

لکھانے لگے تو اس نے اپنی سلیٹ کے ٹکڑے کی طرف دیکھا جس کے کنارے چاقو کی دھار کی طرح تیز تھے، پھر پیچھے مڑ کر قطار کے آخری سرے پر اصغر کی سلیٹ کی طرف دیکھا۔ وہ نئی سلیٹ تھی جس کے ساتھ ایک مٹھی بھر اسفنج لٹک رہا تھا۔ اس نے نفرت سے اپنی ننھی سے ناک چڑھا کر اپنی سلیٹ پر زور سے تھوکا اور ہتھیلی سے مل کر سوال حل کرنے لگا۔

چھٹّی کے بعد وہ گھر واپس آ رہا تھا کہ راستے میں اسے باپ مل گیا جو پٹواری کی گائے کے لیے چارہ کاٹ کر لا رہا تھا۔ اس کے رونگٹے کھڑے ہو گئے اور پھر ہر رونگٹے کی جڑ سے پسینہ پھوٹ نکلا۔ سلیٹ کے ٹکڑے کے تیز کنارے اس کے دماغ کو چیرنے لگے۔

باپ نے پوچھا، ''بیٹا چھٹی ہو گئی؟''

''ہاں ابا.... '' ابا کہتے وقت اس کا حلق گھٹ گیا لیکن کھانسی کا بہانہ کر لیا اور پھر اس غیر متوقع کامیابی پر جی ہی جی میں خوش ہوا۔

''گھر جا کر سلیٹ پر خوب سوال نکالنا!''

''سلیٹ تو ٹوٹ گئی ہے۔'' اس نے یہ جواب دینا چاہا لیکن اس کی نظر باپ کے بھاری اور کھردرے ہاتھ پر پڑ گئی جو اس کے گال پر پڑتا تو اسے دن کے وقت بھی نیلے نیلے تارے نظر آنے لگتے۔ اس لیے وہ خاموش رہا۔ اس کے باپ نے پیچھے مڑتے ہوئے کہا،

''سنا؟''

''ہاں۔''

اس کا باپ پٹواری کے گھر کی طرف چلا گیا اور وہ اپنے گھر پہنچا۔ ماں کو دیکھ کر اس کا جی بھر آیا۔ آنسو اُمڈ آئے اور زار و قطار رونے لگا۔

''کیوں کیا ہوا، میرے بچے! تیرے دشمن روئیں، تو کبھی نہ روئے۔ میرے بچے کیا بات ہے؟'' یہ کہتے ہوئے ماں بڑی محبت سے اس کے سر اور گالوں پر ہاتھ پھیرنے لگی۔

''ماں میری سلیٹ ٹوٹ گئی۔''

اس کی ماں دھم سے دیوار سے پیٹھ لگا کر بیٹھ گئی جیسے اس کا نالائق بیٹا عمر بھر کی کمائی دریا میں غرق کر آیا ہے۔ عزیز نے روتے ہوئے اپنی باچھوں کو پوری قوت سے ٹھوڑی کی طرف کھینچتے ہوئے کہا:

''اماں! ابا کو نہ بتانا۔''

ماں نے اپنے کنگن کو مضطربانہ انداز میں اپنی کلائی میں گھماتے ہوئے پوچھا:

''تو پھر کیا سر پر نکالے گا سوال؟''

عزیز سوچنے لگا کہ اگر سر پر سوال نکالے جاسکتے تو وہ روتا ہی کیوں ؟ اس کی اماں کتنی بھولی ہے ! آخران پڑھ ہے نا ! پڑھی لکھی ہوتی تو اسے معلوم ہوتا کہ سوال سر پر نہیں صرف سلیٹ پر نکالے جاسکتے ہیں۔

اس دن نہ اس نے ماں سے گڑ مانگا، نہ جوار کے ہلکے پھلکے مرنڈے، نہ کبڈی کھیلی نہ آنکھ مچولی۔ شام کو اس کے ہم جولی اس کے پاس اکٹھے ہو گئے اور مجبور کرنے لگے باہر چلو لیکن ایک سیانا لڑکا پیچھے سے مجمع کو چیرتا ہوا آیا اور بولا، ''ارے یار جیجے کو مت چھیڑو، اس کی سلیٹ ٹوٹ گئی ہے۔''

عزیز کے دل پر جیسے کسی نے من بھر کا ہتھوڑا جما دیا۔ کانپ کر اٹھا کہ کہیں باپ تو نہیں آگیا۔ لیکن بیل چارے کے انتظار میں کان کھڑے کیے دروازے کی طرف دیکھ رہے تھے اور ماں چولہے کے پاس بیٹھی ٹین کے پترے سے ساگ کر رہی تھی۔

اس شام وہ چارپائی پر پڑا رہا اور کچھوے اور خرگوش کی کہانی پڑھتا رہا۔ اسے کئی بار خرگوش پر غصہ آیا، کتنا غافل تھا خرگوش! ٹھیک اس طرح جیسے.... جیسے.... اسے کوئی مثال نہ مل سکی۔ اچانک اس کی اداس آنکھیں چمک اٹھیں.... جیسے میں.... اور پھر اسے اپنے آپ پر اتنا غصہ آیا کہ جی میں آئی، ابھی اپنے آپ کو قبر میں دفن کردے اور اپنی موت پر ایک آنسو تک نہ بہائے اور پھر خوشی اسکول.... اس کا دماغ گھومنے لگا۔

جتنا خیالات کا سلسلہ بڑھتا جاتا، اس کی وحشت میں اضافہ ہوجاتا اور جب اندھیرا بڑھنے لگا اور اس کی ماں پکاری،

''بچے! ادھر آ، روٹی ٹھنڈی ہورہی ہے۔'' تو بے اختیار اس کے منہ سے یہ الفاظ نکل گئے۔

''ماں میری سلیٹ جو ٹوٹ گئی۔''

''کب؟'' مگر یہ ماں کی آواز نہ تھی۔

اس نے سامنے دیکھا اس کا باپ بڑی بڑی آنکھیں نکالے اس کی طرف بڑھا آرہا تھا۔

''کب توڑی؟'' اس نے اپنے آپ کو قبر میں دفن کرنے کی تجویز پر پھر سے غور کرنا چاہا مگر باپ کے تھپڑ نے اس کے سلسلہ خیالات کو بری طرح منتشر کر دیا اور وہ اتنا رویا.... اتنا رویا کہ آخر اسے رونے میں لطف آنے لگا۔ وہ اپنا رونا بند نہیں کرنا چاہتا تھا کیوں کہ اس طرح ماں کی تسلیوں کے رک جانے کا اندیشہ تھا۔

''چپ کرتا ہے یا لگاؤں ایک اور؟'' اور اس کی آواز یوں رک گئی جیسے ریڈیو سے کسی میم کا گانا سنتے سنتے تنگ آکر لوگ پیچ گھما دیتے ہیں۔

''سلیٹ بھی توڑ آیا اور ریں ریں بھی کیے جاتا ہے....

اندھا.... اندھے! تو سامنے دیکھ کر کیوں نہیں چلتا؟.... ہیں.... یہ ہمیشہ تیری نظر آسمانوں پر کیوں رہتی ہے؟ جیسے اللہ میاں سے باتیں ہو رہی ہیں.... اندھا.... مجذوب کہیں کا''

''مجذوب....! کتنی بڑی گالی دی ہے ابا نے.... ابا کی جگہ کوئی اور ہوتا تو میں اسے اٹھارہ بار مجذوب کہہ ڈالتا۔'' اس نے تلخی سے سوچا۔

جب اس کا باپ اٹھ کر چوپال کو چلا گیا تو اس نے نہایت رازدارانہ لہجے میں پوچھا:

''ماں! مجذوب کسے کہتے ہیں؟''

''جسے اللہ میاں کے سوا کسی کا خیال نہ ہو.... یعنی اللہ میاں کا دوست۔''

عزیز سوچنے لگا، ''کیا اللہ میاں کا دوست ہونا بھی بری بات ہے؟''

وہ صبح اٹھا تو باپ اس کے سرہانے کھڑا تھا۔

''اٹھتا ہے کہ جماؤں ایک؟.... بے فکرا.... لے یہ چونی تیری خاطر دس آدمیوں کی داڑھیوں کو ہاتھ لگانا پڑا، ابھی قصبہ سے جا کر سلیٹ خرید لا، اسکول کے وقت آجائیو! سمجھے؟''

عزیز نے چارپائی سے اٹھ کر زمین پر قدم دھرے تو اسے یوں محسوس ہوا جیسے اس کا دل پسلیوں تلے ناچ رہا ہے اور اس کی آواز کے ساتھ اس کے ہونٹ کانپ رہے ہیں۔ آنکھیں آپ ہی آپ جھپکے جا رہی ہیں۔ نتھنے پھڑک رہے ہیں اور رگ رگ دھڑک رہی ہے۔ وہ چونی لے کر دوڑا ہی تھا کہ اسے باپ کی آواز سنائی دی۔

''اے مجذوب! جوتا تو پہنتا جا، تیرا تو سر پھر گیا ہے۔'' اس نے مڑنے سے پہلے اپنے سر پر ہاتھ پھیرا۔ اس کا خیال تھا کہ اس کا چہرہ پیٹھ کی طرف ہو گیا ہے.... باپ کے تھپڑ کی وجہ سے.... آخر سر

پھرنے کا اور کیا مطلب ہے؟ اور جب اسے تسلی ہو گئی کہ وہ اپنی پرانی حالت پر قائم ہے تو اسے تعجب ہونے لگا کہ اس کا باپ اتنا جھوٹ کیوں بولتا ہے؟

وہ جوتا پہن کر بھاگا۔ قصبہ وہاں سے ایک میل دور تھا۔ چونی اس کی قمیض تلے پہنی ہوئی سیاہ صوف کی واسکٹ کی جیب میں تھی جسے اس نے مضبوطی سے ہاتھ میں دبا رکھا تھا۔ ایک دوبار اس نے چونی کے گول گول کونوں کو ٹٹولا، چونی اس کی جیب میں موجود تھی اور نئی سلیٹ قصبہ کی ایک دکان میں اس کی منتظر۔

ایک جگہ وہ قدرے سستانے کے لیے بیٹھ گیا۔ اچانک سامنے جھاڑیوں سے اصغر نکلا۔ اس کے ہاتھ میں اپنی نئی سلیٹ تھی جس کے ساتھ مٹھی بھرا اسفنج لٹک رہا تھا۔ اصغر نے اپنی سلیٹ کو فخریہ انداز میں ہوا میں گھمایا اور عزیز نے محسوس کیا کہ اس کے ہاتھ میں بھی

سلیٹ ہے جو ٹین کی طرح بجتی ہے اور جس کے ساتھ ماسٹر جی کی ناک جتنا موٹا اسفنج لٹک رہا ہے۔ (ماسٹر جی کی ناک عزیز کی مٹھی سے بڑی تھی) اصغر کی آنکھیں جھک گئیں اور وہ پلٹ کر پھر جھاڑی میں گم ہو گیا۔ کتنا پیارا خیال.... کیسا سندر سپنا.... وہ کھل کھلا کر ہنس پڑا اور پھر دوڑنا شروع کر دیا۔

قصبے کے تنگ و تاریک بازار کی دکانیں کھل چکی تھیں۔ وہ سلیٹوں کی دکان کو خوب پہچانتا تھا۔

دکان دار ایک موٹا سے سیٹھ تھا جس نے اپنی ڈھیلی ڈھالی توند اپنے گھٹنوں پر پھیلا رکھی تھی۔ وہ صرف ایک دھوتی باندھے ہوئے تھا۔

عزیز کانپتا کانپتا اس کے پاس گیا۔

''سلیٹیں ہیں؟'' یہ سوال اس نے اس انداز سے پوچھا، گویا وہ ساری دکان خریدنے آیا ہے۔

دکان دار نے اپنی ناف سے بھنبھناتی ہوئی مکھیاں اڑاتے ہوئے جواب دیا۔ ’’ہاں!‘‘

’’دکھاؤ!‘‘

دکان دار نے اپنے بازو زمین پر ٹیک کر اٹھنے کی کوشش کی اور بہت دیر تک اسی حالت میں کانپتا رہا۔ عزیز پکارا۔

’’لالہ جی!‘‘

’’ہاں بھائی ہاں!‘‘ دکان دار کھڑا ہوا۔ عزیز کے سامنے دس پندرہ سلیٹیں رکھ دیں۔

’’لوہے کی ہیں؟‘‘

’’سب لوہے کی ہیں۔‘‘

’’دام؟‘‘

’’تین آنے۔‘‘

''ایک آنہ بچ گیا۔'' عزیز کے گال تمتمانے لگے۔ اس کی ننھی سے ناک پر، اس کے کھلے سفید ماتھے پر، اس کے بھرے سے نچلے ہونٹ کے تلے پسینہ پھوٹ آیا۔ اسے محسوس ہوا کہ جیسے وہ ابھی یہاں سے دکان سمیت ہوا میں اڑ جائے گا۔

''اسفنج ہیں؟''

''ہاں!''

''سب سے بڑے اسفنج کے دام؟''

''چار پیسے۔''

عزیز خوشی سے ناچنا چاہتا تھا، ایک بار تو اس کے جی میں آیا کہ دکان دار سے لپٹ کر گائے،

تعریف اس خدا کی جس نے جہاں بنایا

لیکن اس کی توند دیکھ کراس کی نظر اپنے پیٹ پر جا پڑی جو ریڑھ کی ہڈی سے چمٹ کر رہ گیا تھا۔ ایک لمحہ کے لیے وہ مسکرانا بھول گیا اور آخر بولا :

''تولا یہ سلیٹ اور ایک بڑا اسفنج!''

دونوں چیزیں اپنے قریب کھسکا کراس نے قمیض اٹھائی اور واسکٹ کی جیب میں ہاتھ ڈالا، اس کی دو انگلیاں جیب سے باہر نکل گئیں چونی راستے میں گر گئی تھی۔

* * *